ANATOLE FRANCE

DE L'ACADÉMIE FRANÇAISE

SUR
LA VOIE GLORIEUSE

DOUZIÈME ÉDITION

PARIS

LIBRAIRIE ANCIENNE ÉDOUARD CHAMPION

5, QUAI MALAQUAIS (VIe)

MCMXV

IL A ÉTÉ TIRÉ DE CET OUVRAGE

10 ex. sur papier de Chine numérotés 1 à 10.
30 ex. sur papier du Japon numérotés 11 à 40.
125 ex. sur papier de Hollande numérotés 41 à 165.

contenant une eau-forte originale d'Anatole France
par Edouard Oberlin.

SUR

LA VOIE GLORIEUSE

A LA MÉMOIRE
DE
JEAN-PIERRE BARBIER
MORT AU CHAMP D'HONNEUR
LE XXVI DÉCEMBRE MCMXIV
CE LIVRE
EST PUBLIÉ PAR SES AMIS

LE ROI ALBERT

Le roi Albert.

Tous ses actes s'inspiraient d'un esprit de sagesse et de bienveillance, et l'on s'accordait à reconnaître en lui un des plus doux pasteurs des peuples. Soudain, quand les allemands s'ouvrirent un passage impie à travers son royaume, il tira l'épée, et, sourd aux promesses des invahisseurs comme il l'avait été à leurs menaces, il combattit sans regarder au nombre, résolu à ne déposer les armes que lorsque le droit serait vengé. Il ne suffit pas à son grand cœur de commander ses armées : pour partager les fatigues et les dangers de ses soldats, il se fit simple soldat.

Roi, les républicains saluent en vous un héros et un juste.

Anatole France

2

LE ROI ALBERT

Tous ses actes s'inspiraient d'un esprit de sagesse et de bienveillance, et l'on s'accordait à reconnaître en lui un des plus doux pasteurs des peuples.

Soudain, quand les Allemands s'ouvrirent un passage impie à travers son royaume, il tira l'épée, et, sourd aux promesses des envahisseurs comme il l'avait été à leurs menaces, il combattit sans regarder au nombre, résolu à ne déposer les armes que lorsque le droit serait vengé. Il ne suffit pas à son grand cœur de commander ses armées : pour partager les fatigues et les dangers de ses soldats, il se fit simple soldat.

Roi, les républicains saluent en vous un héros et un juste.

POUR LA NOËL 1914

POUR LA NOËL 1914

La fête de Noël, une des plus anciennes, des plus
glorieuses, des plus grandes de la chrétienté, se célé-
brait, jadis, dans toute la France, avec une pompe
et une allégresse conformes au mystère qu'elle com-
mémore aux yeux des fidèles. Aujourd'hui encore,
cette fête demeure populaire et ne vient point sans
ramener dans nos villes et nos campagnes joie et
liesse.

Il semble qu'elle durera autant que le monde. Les
âmes fidèles à la tradition et les cœurs amis de la
nature la peuvent solenniser à l'envi, car, en même
temps qu'on y adore l'Enfant-Dieu né dans l'étable
de Bethléem, comme il est dit dans l'Évangile, on y
salue la renaissance du Dieu dont nous voyons
chaque année, sur nos têtes, la splendeur bienfaisante croître et décroître, et qui meurt et ressuscite

comme ses symboles antiques : Adonis et Mithra. C'est en ces derniers jours de décembre que le soleil languissant et stérile commence à reprendre cette vigueur féconde qui promet à la terre les fleurs et les fruits.

Mais peut-être n'était-il pas besoin de tant de glose pour dire que, sur notre vieille terre aimée du ciel, la veille de Noël sourit à tout le monde, surtout aux humbles et aux petits, et que, dans les chaumières, la nuit du réveillon dissipe les tristesses du sombre hiver. Alors on s'assied à la table de famille et on mange force saucisses, andouilles, boudins noirs et boudins blancs, et l'on chante des chansons en patois. Saurait-on mieux faire ? Hélas ! combien de vieillards et de femmes, cette année, seuls avec les petits, à la table trop grande, mangeront leur pain mouillé de leurs larmes ! Et pendant ce temps, combien de jeunes hommes, sous la lune froide, au fracas des obus, songeront, dans la tranchée, à ceux qui, demeurés dans la maison, pensent à eux et qui, cette nuit, allument tout de même la grosse bûche, font tout de même griller le boudin, car les usages anciens doivent être toujours suivis.

Chaque province a, pour la Noël, ses coutumes et ses traditions. Notre Alsace est fidèle au jeune sapin, brillant de givre, qui porte à chaque branche des bougies allumées et des bonbons, des jouets, des oranges pour les enfants. En Bretagne, on laisse, cette nuit-là, sur la table la part des morts. Ah ! quelle multitude d'ombres chères viendront, cette fois, flotter autour des tables vides, comme les morts au pays des Cimmériens !

En Provence, où la terre et le ciel, d'une beauté grecque, communiquent aux esprits une grâce ingénue, subsistent encore des usages, des sentiments, qui semblent antiques et païens. C'est ainsi que, sur les bords de la mer bleue, le villageois met dans le foyer un vieux tronc d'olivier séché avec soin et le couronne de lauriers. Le foyer fume et pétille, la flamme jaillit et le maître de la demeure ordonne au plus jeune enfant de la famille d'invoquer le feu. Sans le savoir, il répète les rites par lesquels, dans l'Inde, ses lointains aïeux adoraient Agni, qui, dans son char traîné par des chevaux flamboyants, porte aux dieux les offrandes des hommes. Il dicte à l'enfant les paroles consacrées :

« O feu ! réchauffe pendant l'hiver les pieds du vieillard et de l'orphelin, envoie un tiède rayon dans la plus humble chaumière ; garde-toi de dévorer le toit du pauvre laboureur et le navire

3

qui porte sur des terres lointaines le malheureux émigrant. »

Et pour rendre exorable le feu sacré, le maître de la demeure lui verse une libation de vin cuit. Le foyer crépite et une odeur aromatique se répand dans la salle enfumée.

Cette invocation au feu sacré, faisons-la cette nuit dans toute la France, dans toute la France qui frissonne de douleur et de gloire. Disons :

O feu ! feu sacré, va, par la nuit froide et sombre, porter à nos soldats, dans la tranchée, ta chaleur bienfaisante et brille allègrement dans leurs cœurs.

Ils sont partis avec une gaîté charmante. Nous les avons vus couvrir leurs canons et leurs caissons de feuillage et de fleurs et mettre à l'oreille de leurs chevaux des roses et des œillets. Ils ont affronté en souriant la mitraille ennemie.

Et, après quatre longs mois de fatigues et de périls, dans le vent, la neige et la boue, ils gardent leur courage et leur gaîté. La guerre a pris une forme nouvelle. Aux marches, aux manœuvres, aux combats à découvert, aux grandes batailles ont succédé la guerre de tranchées, la guerre immobile et souterraine, les interminables duels d'artillerie entre deux adversaires invisibles.

Et nos soldats restent dispos, alertes comme au premier jour. Ils occupent par de menus travaux, par des jeux, par des causeries et des chants les ennuis de cette vie enterrée où seuls les obus apportent quelque distraction. Sans crainte, sans tristesse, pieux envers leurs morts, ils couvrent de drapeaux et de rameaux verts la terre sous laquelle leurs compagnons dorment leur dernier sommeil à leurs côtés.

Jeunes soldats, sur lesquels, naguère encore, leur mère veillait comme sur de petits enfants, vieux territoriaux, qui essuient une larme en se rappelant la femme et les nourrissons laissés dans le pays, ils ont, les uns et les autres, la souplesse de l'âge tendre et la fermeté de l'âge mûr.

Les blessés transportés dans nos hôpitaux ne songent qu'à retourner sur le front. Le temps si doux de la convalescence leur pèse. J'ai vu l'un d'eux qui n'eut de cesse qu'on le renvoyât au feu tout boiteux encore. J'ai entendu un jeune sous-officier, mal remis d'une blessure à la poitrine, presser le major de lui donner son congé et dire joliment :

— Maintenant, je puis rejoindre. Qu'ai-je à craindre ? Je suis vacciné.

Dans cette armée, les chefs et les soldats sont égaux par le cœur. L'officier compte sur ses hommes, les hommes comptent sur leur officier. Voici un exemple bien véritable (je puis l'attester) des sentiments qui les unissent les uns aux autres :

C'était sur la frontière de l'Est, au début de la campagne, alors que le courage trop nu exposait notre armée à des pertes cruelles. Le commandant D..., très aimé de ses hommes, qui savaient apprécier son intelligence, son énergie et sa douceur, atteint d'une cruelle maladie d'estomac et souffrant d'un anthrax, se faisait porter au feu sur une civière à la tête de son bataillon. Ayant atteint la position qu'il devait occuper, et qui n'était pas des plus sûres, il fit étendre ses hommes sur le ventre et veilla à ce que chacun mît son sac devant soi pour se protéger. Puis il s'étendit lui-même en avant de tout son monde. Et le buste soulevé, sa jumelle devant les yeux, il surveillait les mouvements de l'ennemi, sous une fusillade nourrie.

Il se tenait dans cette position depuis quelques minutes, quand un corps opaque traversa le champ de sa lunette. Mais avant qu'il pût se rendre compte de ce qui passait, il entendit une voix lui murmurer à l'oreille :

— Mon commandant, je vous apporte mon sac.
Gardez-le devant vous. Que je sois tué, moi, ce ne
sera que la perte d'un homme ; mais si vous étiez
tué, vous, la perte serait pour tout le bataillon.

Un de mes amis, parcourant un champ de bataille
au bord de la Marne, vit, couché en avant de nos
morts, un jeune tambour percé de balles, qui serrait
encore ses baguettes dans ses mains glacées. Et l'on
songeait, en le voyant, à l'enfant de Marengo qui,
le bras traversé d'une balle, continua à battre la
charge et reçut pour récompense des baguettes d'honneur.

Nous avons vu refleurir les vertus héréditaires.
Le cri généreux du chevalier d'Assas a été répété
plus de vingt fois. Un jour, c'est un sergent réser-
viste du 30e d'infanterie qui, s'étant approché de
troupes qu'on croyait anglaises, reconnaît des Allemands et s'écrie :

— Tirez, ce sont des Boches !

Un autre jour, c'est un jeune lieutenant, posté en
avant du front de l'infanterie, dans un clocher, à
quelques centaines de mètres des tranchées alle-
mandes, qui signale, par téléphone, à notre artillerie, les positions de l'ennemi. Pendant une demi-
heure, on reçoit ses indications, puis on l'entend dire

tout à coup, d'une voix tranquille : « J'entends les pas des Allemands qui montent l'escalier. J'ai mon révolver. Ne croyez plus rien de ce qu'on vous dira. »

On n'a plus revu ce jeune officier.

Nos médecins militaires rappellent Desgenettes et Larrey, par le courage et le dévouement, témoin ce major qui, dans Ypres bombardé, soignant cinquante-quatre blessés allemands, pressé de quitter son hôpital, refusa, jaloux de donner aux ennemis l'exemple de l'humanité et fut tué au chevet d'un blessé allemand par un obus allemand.

Nous les portons dans notre cœur, tous nos soldats, depuis le général en chef, d'un esprit juste et sage, dédaigneux de paraître, sévère aux grands, doux aux petits, ménager du sang de ses hommes, jusqu'au plus humble soldat de deuxième classe, qui donne sans marchander sa vie à cette patrie dont il ne connaissait qu'un village et où il ne possédait qu'un grabat dans une étable.

O feu ! feu sacré, va, par la nuit froide et sombre, porter à nos soldats, dans la tranchée, ta chaleur bienfaisante et brille allègrement dans leurs cœurs.

Soldats de la France, défenseurs d'une juste cause,

gardez votre brillant courage et armez-vous de constance. Vous avez devant vous un ennemi nombreux, savamment organisé. Ce serait nuire à votre gloire que de nier sa force. Il a déshonoré sa vaillance par des atrocités commises soit pour satisfaire des instincts cruels, soit par système et afin de semer la terreur autour de lui. Ces barbaries n'ont semé que l'indignation et l'horreur. Loin de le rendre invincible, elles ont accru ses périls en enflant notre colère. Vous lui avez déjà porté des coups dont il ne se relèvera pas. Vous l'avez vaincu sur la Marne, vous lui avez résisté sur l'Aisne et l'Yser, dans l'Argonne et dans les Vosges. Son élan est brisé ; sa puissante machine a reçu d'irréparables atteintes ; pourtant elle demeure redoutable et il faut prévoir ses dernières explosions. Il nous reste à faire un immense effort en hommes, en armes, en munitions, en vivres. Nous sommes reconnaissants à nos alliés de leur aide précieuse. Mais nous devons compter sur nous-mêmes.

Vous avez sur l'ennemi une grande supériorité. Citoyens d'un peuple libre, vous tenez vos vertus militaires de votre propre cœur, et ce n'est point par ordre que vous êtes courageux.

C'est là une disposition qui vous assurera la victoire si vous remplissez les conditions de cette guerre nouvelle qui exige une organisation plus forte que les guerres d'autrefois et un matériel énorme comme celui de l'industrie moderne. Cette organisation, nous la complétons chaque jour, ce matériel, nous le créons fiévreusement. Le fer et l'acier ruissellent dans les fournaises de nos fonderies.

La victoire est certaine. Mais il faudra l'aller chercher loin, la poursuivre jusqu'au cœur de l'empire germanique. Cette nécessité, ce ne sont pas seulement, parmi nous, les audacieux qui la proclament ; elle est sentie par les esprits les plus paisibles, par les âmes les plus douces. Et pour moi, je me rends le témoignage de l'avoir dit le premier jour : il est impossible de s'arrêter en chemin.

Amis, pour que vous n'ayez pas combattu et souffert inutilement, pour que le sang des enfants et les larmes des mères n'aient pas coulé en vain, il faut détruire de fond en comble la puissance militaire de l'Allemagne et ôter à ce peuple barbare toute possibilité de poursuivre ce rêve d'un empire mondial, ce délire monstrueux qui met à cette heure l'Europe à feu et à sang.

La tâche est grande. Mais de quelles louanges éter-

nelles, de quelles bénédictions vous serez comblés
pour l'avoir accomplie ! Vous aurez assuré le salut
et la grandeur de votre patrie, vous aurez délivré
l'Europe d'une menace insolente et d'un perpétuel
danger. Vous aurez permis aux dirigeants et aux
foules de cette vaste partie du monde d'approcher de
la justice, de l'inaccessible justice, ou du moins de
marcher dans ses voies : vous aurez détruit l'oppression, rendu l'Alsace et la Lorraine à la France, le
Schleswig au Danemark, Trente et Trieste à l'Italie, ressuscité la Pologne, rétabli l'indépendance et
le droit des peuples, fondé une Europe harmonieuse,
permis la conclusion d'une paix stable, assise sur le
droit et la raison, une paix vraie, une paix paisible.
Et vous serez chers à vos proches et grands dans
l'histoire.

Oh ! que le feu sacré de nos foyers aille par la
nuit froide et sombre vous porter, dans la tranchée,
sa chaleur bienfaisante et brille allègrement dans
vos cœurs !

4

LETTRE DU Dᴿ MARIAVÉ

LETTRE DU Dr MARIAVÉ

*Si l'intelligence est matérielle, le cœur
est une image réelle de la Lumière incréée.*

Reninghelst, le 15 janvier 1915.

Monsieur et cher Maître,

Je ne suis pas mort à l'hôpital d'Ypres « tué au chevet d'un blessé allemand par un obus allemand ».

La note que vous commentez dans votre « Noël » du *Petit Parisien* et qu'a publiée le Bureau de la Presse de Londres, a été rédigée, à mon insu, par M. Charles Staniforth, interprète anglais de la 3ᵉ division de cavalerie, ainsi qu'il vous sera facile de le vérifier. Mais je n'ai échappé à la mort que par une chance extraordinaire.

Je faisais mon rapport à l'endroit précis où tomba l'obus. Je quittais ma table de travail quelques secondes avant sa chute. C'était une marmite énorme qui abattit toute une aile de l'hôpital et réduisit en bouillie Léonie et son vieux chien[1]. Un pauvre fichu de laine noire auquel adhéraient quelques débris sanglants, c'est tout ce qui restait de la vieille cuisinière de l'hôpital d'Ypres. A cette vue, M. Ch. Staniforth pleure. Et je lui dis : « Voyez! c'est à côté de Léonie que j'écrivais au général Vidal. » L'interprète anglais me regarde d'une façon singulière. Peut-être lui fis-je l'effet d'un revenant... Je comprends, maintenant, pourquoi il me fit mourir par anticipation. Cette fausse nouvelle fut un désastre pour les miens qui dépêchèrent leurs alarmes à toutes les agences et jusqu'en Angleterre.

Cette bonne Léonie! Ame simple, cœur du peuple, cœur sacrificiel! Elle avait installé, contre la peur et pour sa protection, entre deux bougies grêles, une

---

1. Léonie avait un vieux chien obèse dont on ne retrouve plus que la peau noire, flasque, telle une outre vidée. Le même obus ensevelit M. Gaymant sous les ruines de sa pharmacie, mit en pièces, dans la rue de Mesnia, un convoi anglais de ravitaillement. Huit hommes étaient déchiquetés affreusement, les habits en charpie, la figure noirâtre, tuméfiée, brûlée ; leurs corps avaient été projetés, de tous côtés, à plusieurs mètres de l'explosion. Trois chevaux morts et un fourgon brisé jonchaient le sol.

De toutes ces victimes, seul l'héroïque M. Gaymant survécut. Il resta des semaines à l'hôpital de Poperinghe. Pendant que nous pansions ses nombreuses blessures et que nous enlevions, à l'eau oxygénée, la poussière de briques dont elles étaient incrustées, il nous disait en souriant : « Maintenant, docteur, je ne risque plus rien, je suis comme une forteresse, je suis bâti à chaux et à sable. »

L'humour belge est inaltérable.

image de Notre-Dame de Thuynes, la patronne d'Ypres, qui, autrefois, sauva la ville. L'icone, tous les jours, changeait de place, tantôt sur un buffet, tantôt sur une chaise et même sur le plancher, toujours encadrée de ses deux bougies. Notre-Dame de Thuynes prit cette âme pure et rejeta comme indigne celle de votre serviteur prédestiné à vous apporter, sous la belle Lumière d'Amour, le véritable sens de l'État.

. . . .
. . . .

POUR LA NOUVELLE ANNÉE

POUR LA NOUVELLE ANNÉE

1er janvier 1915.

Mon cher Gustave Hervé,

J'envoie par l'intermédiaire de la *Guerre sociale*, mes souhaits pour la nouvelle année à nos amis. Et nos amis, à cette heure, ce sont tous nos compatriotes et tous nos alliés. Car je suis comme vous, Hervé, je n'ai d'ennemis que ceux de mon pays.

Mes vœux d'abord pour nos soldats exposés aux obus et à ces longs ennuis de la tranchée, plus cruels pour eux que la mitraille. Depuis le grand chef jusqu'au plus petit pousse-cailloux, je les embrasse tous et les unis dans un même amour et dans une même reconnaissance. Épions, saisissons toutes les occasions de les aider ; employons tous les moyens de leur éviter des fatigues, des privations, des souffrances. Honorons-les comme des héros, aimons-les comme des enfants. Grâce à eux, la patrie n'est plus en danger.

Pourtant leur tâche n'est pas encore tout entière accomplie. Ils ont porté à l'Allemand des coups dont il périra ; mais l'ennemi, blessé à mort, est encore redoutable. Tout n'est pas fini. Que les braves se réjouissent ! Il y aura encore des périls à courir, des victoires à remporter. Songez que le colosse allemand qui chancelle, il s'agit maintenant de l'abattre ; il s'agit de détruire la formidable machine militaire construite par les Barbares en quarante années d'une paix traîtresse.

Pour obtenir un si grand résultat et si nécessaire, il faut que la France donne de toutes ses forces, forces militaires, forces financières, forces industrielles, forces matérielles et forces morales. Cette guerre n'est pas seulement une guerre d'armées, c'est une guerre de nations. Il faut que notre nation s'y jette toute !

De notre courage et de notre persévérance dépendent notre sort et le sort du monde. Que tous les Français rivalisent de zèle, que tous fassent leur devoir, et le devoir en ces circonstances est sans bornes. Que tous se sacrifient, que tous se dévouent, corps et biens, tous, administrateurs civils, fonction-

naires de tout ordre, particuliers, enfants, vieillards !
Je ne parle pas des femmes, elles ont déjà fait tous
les sacrifices, accompli tous les dévouements.

Les temps le veulent. Nous, malheureux civils,
soyons soldats à notre manière, servons avec le
même zèle et la même discipline que ceux qui sont
sur le front.

La victoire est certaine. Sachons la vouloir
d'un cœur unanime et combattons chacun avec nos
armes, afin que cette victoire soit celle de la patrie
tout entière.

Patriotiquement à vous.

SOISSONS

SOISSONS

Je venais de lire dans un journal que les Allemands qui bombardent Soissons depuis quatre mois,
ont envoyé quatre-vingts obus sur la cathédrale. Un
instant après le hasard me remit sous les yeux un
livre de M. André Hallays, où je trouvais ces lignes
que je prends plaisir à transcrire :

« Soissons est une cité blanche, paisible, souriante,
qui dresse sa tour et ses clochers aigus au bord d'une
rivière paresseuse, au milieu d'un cercle de collines
vertes ; ville et paysages font songer aux petits
tableaux que peignaient avec amour les enlumineurs
de nos vieux manuscrits... De précieux monuments
montrent toute l'histoire de la monarchie française,
depuis les cryptes mérovingiennes de l'abbaye de
Saint-Médard, jusqu'au bel hôtel élevé à la veille de
la Révolution pour les intendants de la province. Au

6

milieu des rues étroites et des petits jardins, une magnifique cathédrale étend les deux bras de son grand transept ; au nord, un mur droit et une immense verrière ; au sud, cette merveilleuse abside où l'ogive et le plein cintre se combinent d'une façon si délicate. »

(Autour de Paris, p. 207.)

Cette page charmante d'un écrivain qui aime chèrement les villes et les monuments de la France m'a touché jusqu'aux larmes. Elle a charmé ma tristesse ; j'en veux remercier publiquement mon confrère.

La destruction brutale et stupide des monuments consacrés par l'art et les ans est un crime que la guerre n'excuse pas ; qu'il soit pour les Allemands un éternel opprobre ! Un poète de grand cœur, Saint-Georges de Bouhélier, a rédigé un mémoire qu'on pourrait appeler *Reims vengée*. Le monde civilisé flétrit unanimement ces attentats à la beauté, qui devrait être sacrée à tous les peuples, puisqu'elle est le patrimoine le plus noble de l'humanité tout entière. Pour moi, je ne cesserai d'élever ma faible voix contre les barbares qui déchirent la belle robe de pierre dont nos aïeux ont paré la France.

(Journal des Débats, 17 janvier 1915.)

SUR LE FRONT

SUR LE FRONT

———

Je publie cette lettre comme un exemple de l'esprit qui règne sur notre front. La gaieté est belle alliée au courage et l'on est touché de lire de beaux vers écrits sous la mitraille :

A MONSIEUR ANATOLE FRANCE

24 mars.

Cher Maître,

Permettez à la Direction du *Rigolboche* de vous envoyer un numéro d'un journal composé dans les tranchées de l'Argonne et imprimé pendant les jours de repos avec les moyens rudimentaires dont nous pouvons disposer. Il n'a d'autre but que de faire oublier quelques instants aux poilus leurs fatigues

et c'est pour cela qu'il faut excuser les licences poé-
tique qui s'y trouvent, causées souvent par la chute
des marmites.

Mais nous voudrions que des gens plus autorisés
que nous parlent à nos poilus et notre intention est
de réserver dans chaque numéro la place d'honneur
à quelques vers ou quelques lignes écrites pour nos
soldats par ceux qui les aiment le mieux.

C'est pourquoi, cher Maître, nous vous demandons
de bien vouloir penser à nos poilus qui, en lisant ce
que vous nous enverrez pour eux, verront par cela
même que la pensée de tous les accompagne dans
leurs tranchées.

Nous vous en remercions bien vivement à l'avance
et vous envoyons, cher Maître, l'expression de nos
meilleurs sentiments.

Louis Lantz.

La Béchellerie, 2 avril 1915.

Cher confrère, et vous tous, rédacteurs du *Rigol-,
boche...* Hélas ! que ne puis-je dire : frères d'armes.

Je vous remercie de m'avoir envoyé votre journal,
« le plus fort tirage du front entier », et que je
trouve, pour ma part, bien supérieur à tous les jour-

naux de Paris, Tours et autres villes où, grâce à
votre vaillance, on n'a rien à craindre des Boches.
Il respire une gaieté héroïque. La gaieté sied au
courage. Votre allégresse présage le triomphe. Si je
ne l'avais déjà eue, le *Rigolboche* m'aurait donné la
certitude de la victoire. Vous êtes des héros et des
héros charmants. Vous n'avez pas l'air de vous en
douter et c'est le trait le plus exquis de votre carac-
tère. Je suis sûr que les louanges que je vous
donne vous déplairont. Pardonnez-les-moi, elles
sont sincères.

Savez-vous que vous êtes des poètes, non seulement en action mais à la lettre : La chanson de
Vincent Hispa est délicieuse et le sonnet sur « Vauquois, sombre colline » comptera, sans flatterie,
parmi les plus beaux vers inspirés par cette grande
guerre. Et ce n'est pas chose commune qu'un sonnet
d'un mouvement lyrique comme celui-là.

Vous me faites l'honneur de me demander un
article pour le *Rigolboche*; voici le seul que je puisse
faire dans une feuille rédigée sous les obus :

Rédacteurs du *Rigolboche*, camarades, je vous
aime, je vous envie, je vous embrasse.

Anatole FRANCE.

Voici le sonnet dont il est parlé dans la précédente lettre :

VAUQUOIS

Vauquois ! sombre colline émergeant des guérets,
Nos héros t'ont reprise, un matin pierre à pierre.
Tu te gorgeas de sang, au fracas du tonnerre
Dont le roulement sourd emplissait les forêts.

Colline d'épouvante et pleine de secrets,
Petite dans la paix, énorme par la guerre,
J'irai m'agenouiller sur ta funèbre terre
Et porter aux héros le tribut des regrets.

Un jour que ton sommet se changeait en fournaise,
Ils te prirent d'assaut, hurlant *la Marseillaise*,
Troupe de lionceaux guidés par des lions.

Dormez, nobles guerriers, sur la noble colline,
La gloire vous a ceints de ses plus purs rayons,
Et la Patrie est là qui vous pleure et s'incline.

Maurice BOIGEY.

LA
PETITE VILLE DE FRANCE

7

LA PETITE VILLE DE FRANCE

Du haut d'une colline, nous découvrîmes une petite ville. Peu importe son nom : c'était une ville de France paisiblement assise dans le creux d'un vallon. Elle était charmante avec ses toits pointus, ses rues tortueuses et le clocher en charpente de son élégante église. Je la contemplai dans une sorte de ravissement. C'est que la vue à vol d'oiseau d'une de nos villes est un spectacle aimable et touchant, où l'âme se plaît. Des pensées humaines montent avec la fumée des toits. Il y en a de tristes, il y en a de gaies, elles se mêlent dans notre souvenir pour inspirer toutes ensemble une tristesse souriante, plus douce que la gaieté.

On songe :

Ces maisons, si petites au soleil, que je puis les
cacher toutes en étendant seulement la main, ont
pourtant abrité des siècles d'amour et de haine, de
plaisir et de souffrances. Elles gardent des secrets
terribles et mélancoliques. Elles en savent long sur
la vie et la mort. Elles nous diraient des choses à
pleurer et à rire, si les pierres parlaient.

Mais les pierres parlent à ceux qui savent les
entendre.

La petite ville dit aux Français qui la contemplent
du haut de la colline :

« Voyez, je suis vieille, mais je suis belle ; mes
enfants pieux ont brodé sur ma robe des tours, des
clochers, des pignons dentelés et des beffrois. Je suis
une bonne mère ; j'enseigne le travail et tous les
arts de la paix, j'exhorte les citoyens à ce mépris du
danger qui les rend invincibles. Je nourris mes
enfants dans mes bras. Puis, leur tâche faite, ils
vont, les uns après les autres, dormir à mes pieds,
sous cette herbe où paissent les moutons. Ils passent ;
mais je reste pour garder leur souvenir. Je suis leur
mémoire. C'est pourquoi ils me doivent tout, car
l'homme n'est l'homme que parce qu'il se souvient.
Mon manteau a été déchiré et mon sein percé dans

les guerres. J'ai reçu des blessures qu'on disait mor-
telles. Mais j'ai vécu parce que j'ai espéré. Apprenez
de moi cette sainte espérance qui sauve la Patrie ».

D'APRÈS HÉRODOTE

D'APRÈS HÉRODOTE

———

Ce petit morceau n'est pas pour ceux qui ont
pratiqué Hérodote. Ils n'y trouveraient que ce qu'ils
connaissent déjà et dans un ordre qui dérangerait
leurs habitudes, sans aucun avantage pour eux. Je
crois, au contraire, que les esprits moins familiers
avec l'antiquité le liront avec plaisir. J'en peux
penser du bien sans vanité, puisque je n'y suis autant
dire pour rien. Toute ma tâche, et je la trouvais des
plus agréables, a été de réunir en un seul dialogue
des maximes et des conversations éparses chez le
vieil historien, qui est certainement un des parleurs
les plus aimables qu'on puisse entendre. Cet arran-
gement a du moins le mérite de mettre sous un jour
très vif l'esprit grec au lendemain des guerres
médiques, à cette heure radieuse où la Grèce, victo-
rieuse et sage, réalisa dans la poésie et dans l'art la
souveraine beauté.

Certes je n'ai rien tenté pour rapprocher les Grecs
de nous. Je me suis appliqué, au contraire, à faire

8

*passer dans mon style, autant que possible, le tour,
la manière, la forme, la couleur antiques. En matière
d'histoire, je n'aime pas du tout les allusions. Chercher
le présent dans le passé est un jeu frivole. Il faut, je
crains, pour s'y plaire, quelque fausseté d'esprit.*

*Ce n'est pas un amusement bien philosophique
que de travestir les anciens pour nous reconnaître
en eux. Mais retrouver dans tous les temps, dans
tous les pays l'homme, l'homme immuable, décou-
vrir dans le lointain des âges de ces traits qui nous
semblaient propres à notre temps et qui tiennent en
réalité à ce fond humain qui ne change jamais, rece-
voir tout à coup l'impression que l'espèce, qui varie
si lentement, n'a pas varié depuis les époques dont
nous avons conservé la mémoire, voilà ce qui émeut,
voilà ce qui intéresse, voilà ce qui parle fortement à
l'imagination.*

*Si je ne me trompe, ce fond humain, ces caractères
propres à notre espèce, apparaissent d'une manière
frappante dans ces extraits du bon Hérodote. C'est
pourquoi je pense qu'en les lisant mes compatriotes
ramèneront plus d'une fois leur pensée de la 75ᵉ olym-
piade à l'heure présente si grave, pleine pour nous
de gloire et de douleurs, et grosse d'un avenir dans
lequel nous mettons de hautes et vastes espérances.*

XERXÈS ET DÉMARATE

DIALOGUE

> Etranger, va dire à Lacédémone que nous
> sommes morts ici pour obéir à ses lois.
>
> SIMONIDE.

> Les enfants d'Athènes, en détruisant l'ar-
> mée des Perses, ont préservé leur patrie
> du joug honteux de l'esclavage.
>
> PLATON.

Maître de l'Asie occidentale et de l'Égypte, Darius, fils d'Hystaspe, roi des Perses, avait soumis la Thrace et la Macédoine et laissé, en mourant, le plus grand empire de la terre à son fils Xerxès, qui ressentit aussitôt un violent désir de l'accroître encore. Sous prétexte de venger les anciennes injures des Athéniens, mais en réalité pour conquérir l'Europe, il rassembla et dirigea sur la Grèce, par terre et par mer, une armée composée de Perses, de Mèdes, de Saces, de Péoniens, d'Arabes montés sur des chameaux, de Libyens conducteurs de chars, qui s'élevaient au nombre de deux millions d'hommes sans compter les serviteurs et les matelots. Elle était commandée par Mardonius, cousin du Roi et époux d'Artazostra, fille de Darius. Les Barbares contraignirent les peuples qu'ils trouvèrent sur leur passage, jusqu'à la Thessalie, à suivre leur marche.

Pour se rendre les dieux favorables, ils leur sacrifièrent des chevaux blancs et, parvenus sur les ponts du Strymon, enterrèrent vifs neuf jeunes garçons et neuf vierges de la contrée.

Les Grecs, qui avaient d'abord décidé d'attendre les Perses sur le Pénée, renoncèrent à défendre la vallée de Tempé et ramenèrent la flotte à l'embouchure de l'Euripe. Cependant ils ne consentirent point à abandonner sans combat aux envahisseurs la riche Béotie et l'Attique populeuse. Ils envoyèrent ce qu'ils purent rassembler d'hommes pour garder le passage des Thermopyles entre le mont Œta et la mer, qui était le seul par lequel une armée pût pénétrer par la Thessalie dans la Grèce. Ces hommes se composaient de Thébains, de Thespiens, de Béotiens, et de plusieurs autres peuples, au nombre de cinq mille environ, et de trois cents Spartiates, pesamment armés. Léonidas, roi de Sparte, avait le commandement sur tous.

Cependant les Barbares campèrent dans une plaine de Thessalie, illustrée par la mort d'Hercule. Et la tente du grand Roi s'élevait au milieu du camp. Or, Xerxès avait amené avec lui Démarate, fils d'Ariston, autrefois roi de Sparte, qui, déclaré illégitime, dépouillé de ses honneurs et chassé de sa patrie, s'était retiré chez les Perses. Comme Mardonius s'apprêtait à franchir le défilé des Thermopyles, Xerxès, qui avait coutume de consulter Démarate sur la manière de combattre les Grecs, le fit appeler dans sa tente, et lui dit :

— Démarate, je veux t'interroger sur une chose que je suis désireux de connaître. Tu sais que les Grecs, rassemblés pour défendre ce défilé, sont commandés par Léonidas, roi de Sparte. Un espion envoyé par moi, a observé ceux d'entre eux qui se tenaient de ce côté du mur qu'ils ont élevé pour fermer le passage. C'étaient des Spartiates. Ayant posé leurs armes contre ce mur, ils se livraient nus à des jeux athlétiques ou se peignaient soigneusement les cheveux. Je ne puis croire qu'ils se préparent ainsi à mourir en combattant. Ils me paraissent au contraire agir d'une façon très ridicule, et j'augure qu'avant quatre jours ils se seront retirés. Qu'en penses-tu, Démarate ?

DÉMARATE

O Roi, dois-je te faire une réponse agréable ou une réponse véritable ?

XERXÈS

Dis la vérité, et je te promets que tu n'auras pas à t'en repentir.

DÉMARATE

O Roi, ne crains pas de ma part une parole feinte. Je t'ai déjà dit quels hommes étaient les Grecs. Ils ne nourrissent point de vastes désirs, et se contentent de ce qu'ils possèdent. Ils craignent la Nemesis divine qui abaisse ceux qui s'élèvent trop haut, et ils gardent en tout la mesure. La sagesse est leur fidèle compagne ; elle les préserve de subir la tyrannie au dedans et de l'exercer au dehors. Mais quand je t'ai annoncé, ô Roi, la manière dont ils se comporteraient à ton égard, tu t'es moqué de moi. Écoute-moi, cette fois, plus favorablement. Ceux-ci sont venus défendre ce défilé contre toi, et c'est à quoi ils se disposent. Or telle est leur coutume : avant de faire le sacrifice de leur vie, ils ceignent leur tête de bandelettes et de couronnes.

XERXÈS

Ce que tu dis là, Démarate, n'est guère croyable.
Comment ces Spartiates, si peu nombreux, combat-
traient-ils mon innombrable armée ?

DÉMARATE

O Roi, je n'ai pas de raison d'aimer les Spartiates,
qui m'ont ôté mes honneurs héréditaires, m'ont
rejeté, ont fait de moi un homme sans patrie, un
exilé. Au contraire, le roi Darius, ton père, m'a
accueilli, m'a donné une demeure et des richesses.
Or, un homme sage se détourne de ceux qui l'ont
traité injurieusement et il répond par l'amitié au
bien qu'on lui fait. C'est donc par intérêt pour toi
et non par bienveillance pour les Spartiates que je
te parle comme je fais. Eh bien, Roi, tiens-moi pour
un imposteur, si ces hommes-ci n'agissent pas
comme je l'ai annoncé !

XERXÈS

Je ne le puis croire. Mais, dis-moi, Démarate, les
habitants de Lacédémone sont-ils nombreux et se
trouve-t-il parmi eux beaucoup d'hommes exercés à
la guerre?

DÉMARATE

O Roi, le nombre des Lacédémoniens est grand, et ils possèdent beaucoup de villes. La cité de Sparte contient au moins huit mille hommes tels que ceux qui sont ici. Les autres citoyens de Lacédémone, sans les valoir, sont braves aussi.

Fils de Darius, sache que, si tu surmontes ces hommes, aucune nation ne se lèvera contre toi ; car les Lacédémoniens sont le plus courageux des peuples. A ne te point mentir, ils ne souffriront jamais que tu asservisses les peuples de la Grèce, et ils te combattraient, alors même que tous les autres Grecs se rangeraient de ton parti.

XERXÈS

Comment oseraient-ils me combattre seuls, étant très inférieurs en nombre aux Mèdes et aux Perses?

DÉMARATE

O Roi, quel que soit leur nombre, ils n'y regarde-ront pas pour prendre leur résolution. N'eussent-ils que mille hommes à t'opposer, ils te les oppose-raient, et plus faibles, ils te combattraient encore!

Que dis-tu? Mille hommes lutter contre une armée nombreuse comme les étoiles! Tu es Spartiate, Démarate; voudrais-tu combattre seul contre dix? Certes, si chacun de tes concitoyens est tel que tu dis, il peut, conformément à vos usages, se juger égal à deux adversaires. Il y a aussi, parmi mes gardes, des hommes d'élite qui ne craindraient pas de lutter contre les Grecs un contre trois. Mais un homme serait insensé qui prétendrait se mesurer avec dix de mes guerriers. Si vous êtes tous de la même taille que toi, Démarate, et que les autres Grecs que j'ai vus, tu te moques. Je te ferai voir, au contraire, que, homme pour homme, un Perse vaut mieux qu'un Grec. En effet, les Perses, commandés par un seul, excèdent leur vaillance naturelle de toute la grandeur de celle qui leur est imposée et qui les porte à des actes que d'eux-mêmes ils n'auraient jamais songé à accomplir. L'obéissance aux moins braves tient lieu de courage, et la peur du maître est plus forte chez eux que la peur de l'ennemi. Chassés à coup de fouet, ils se jettent sur les lances et les javelots. Tels sont les soldats perses. Les vôtres, égaux et libres, n'obéissant point à un chef

9

unique, n'en font, dans le combat, qu'à leur plaisir et s'inspirent seulement de leur cœur qui, le plus souvent, est médiocre, car, en tout pays les grands cœurs sont rares. J'estime donc qu'à nombre égal les Grecs ne résisteraient pas facilement aux Perses.

DÉMARATE

Les Grecs sont libres, ô Roi ; mais ils ne sont pas libres de toute manière : esclaves de la loi, ils la craignent bien plus encore que tes soldats ne te redoutent. Ils obéissent aveuglément à ses ordres et elle leur ordonne de ne jamais reculer dans le combat, quels que soient le nombre et la force de l'ennemi, de demeurer fermes dans les rangs, de vaincre ou de mourir. Pour Sparte, ce n'est pas mourir, c'est fuir qui est la mort. O Roi, telle est la vérité.

XERXÈS

Je te ferai connaître un autre avantage des Perses sur les Grecs. C'est que les Perses sont unis étroitement sous mon autorité, et que les Grecs se querellent sans cesse les uns les autres. On les voit à tout moment combattre ville contre ville. Et, dans une même cité, les citoyens sont divisés en plusieurs partis irréconciliables. J'ai reçu avis que les Athé-

niens sont partagés en deux factions qui se déchirent
l'une l'autre et qu'ils ont chassé le chef des plus
riches et des meilleurs pour donner le pouvoir au
vil peuple. Comment des insensés toujours occupés à
se détruire eux-mêmes seraient-ils en état de nuire
beaucoup à une armée étrangère?

DÉMARATE

Il est vrai, ô Roi, que, jugeant d'après leur sentiment de ce qui est bon et de ce qui est mauvais, les
Grecs se querellent souvent et luttent ville contre ville,
citoyens contre citoyens. Il est vrai que le peuple d'A-
thènes n'est pas unanime sur la manière dont il con-
vient de gouverner la ville. Parmi les citoyens, les uns
regrettent les tyrans et prétendent réserver le pouvoir
aux hommes bien nés ; les autres, conduits par des ora-
teurs brillants d'intelligence et d'audace, s'efforcent
de maintenir le gouvernement populaire ; et il est
vrai encore que ceux-ci l'ayant emporté, des hommes
ont été exilés, qui passaient pour justes. Mais ces
dissensions ont cessé à ton approche, ô Roi. Les
chefs de l'aristocratie ont été rappelés dans leur
patrie, et ils la gouvernent aujourd'hui de concert
avec les amis du peuple.

XERXÈS

Que m'importe ! Le ciel est pour moi. Seuls entre
les hommes les Perses connaissent les vrais dieux.
J'ai donné aux dieux immortels les plus sûrs témoi-
gnages de ma piété. Je leur ai sacrifié des chevaux
blancs et de jeunes hommes afin qu'ils me donnent
la victoire. Les Grecs n'adorent ni le soleil, ni les
astres, et ils sont très ignorants dans les choses
divines. Les Athéniens ne font rien d'agréable aux
puissances célestes et se refusent à verser le sang
des victimes humaines. Ils se sont souillés chez les
Lydiens d'impiétés horribles. Ils ont incendié, à
Sardes, les temples et les Bois sacrés. Le ciel les
punira de leurs crimes et leur perte est assurée.

Je porterai la guerre contre eux, afin d'acquérir
devant les hommes une haute renommée et d'ap-
prendre à tous les peuples ce qu'il en coûte d'en-
vahir un pays qui m'appartient. Mon dessein est de
conquérir non seulement la Grèce, mais toute
l'Europe. L'Europe est belle, le ciel y est doux et
la terre fertile ; on y cultive toutes sortes d'arbres
fruitiers. De tous les mortels, je suis seul digne de
la posséder.

DÉMARATE

O Roi, prends en bonne part ce qu'il me reste à te dire. Écoute, je te parle comme à un hôte sacré. Roi, ne te venge pas trop cruellement des Athéniens. Les vengeances des hommes sont odieuses aux divinités.

Fils de Darius, si tu te crois un dieu, si tu crois commander à une armée d'immortels, tu n'as que faire de mes avis. Mais si tu reconnais que tu es un homme et que tu commandes à des hommes, songe que la fortune est semblable à une roue qui tourne sans cesse et renverse ceux qu'elle avait élevés. Il n'est jamais arrivé, il n'arrivera jamais qu'un mortel de sa naissance à sa mort éprouve un bonheur constant. Aux têtes les plus hautes sont réservées les plus terribles calamités. J'ai parlé parce que tu m'y avais contraint. Maintenant puisse advenir ce que tu désires, ô Roi !

Sur ces mots, Xerxès congédia Démarate sans colère. Il n'était point irrité contre lui parce qu'il le croyait hors de sens.

Pourtant il s'aperçut bientôt que le Spartiate ne s'était point trompé. Les Grecs, demeurés fermes et résolus, eussent barré le passage si un homme de Malis, nommé Éphialte, n'eût découvert à Mardonius un sentier peu connu qui n'était point gardé et par lequel les Barbares pénétrèrent en Grèce. Se voyant tournés, les Grecs se retirèrent pour combattre ailleurs, à l'exception de quatre cents Thébains, des sept cents Thespiens et des trois cents Spartiates qui eurent pour agréable de faire à la patrie le sacrifice de leur vie. Les Perses s'étant emparés d'Athènes, vide de combattants, massacrèrent les vieillards, pillèrent le temple et incendièrent la citadelle. Cependant les Athéniens, retirés sur trois cent quatre-vingts galères, détruisirent dans le détroit de Salamine douze cents vaisseaux perses.

Xerxès repassa seul en Asie dans la barque d'un pêcheur. Il laissait Mardonius en Grèce avec trois cent mille hommes. Les Barbares ravagèrent l'Attique, brûlèrent ce qui restait d'Athènes, et passèrent en Béotie. Un an après la fuite du grand Roi, Mardonius fut vaincu et tué à Platée, au pied du Cithéron. Et le même jour les Athéniens et les Spartiates alliés coulèrent au promontoire de Mycale les navires perses qui avaient échappé au désastre de Salamine.

Ainsi se vérifièrent jusqu'au bout les paroles de

Démarate. Ni l'abondance de l'or, ni le nombre des navires, ni la multitude des hommes ne prévalurent contre le courage et la sagesse des Grecs.

L'Europe cessa d'entendre une menace insolente et ne craignit plus de subir le joug des Barbares.

TROIS LETTRES

AU DIRECTEUR DU « CLARION »

DE LONDRES

RÉPONSE

15 avril 1915.

Cher Confrère,

Je l'ai dit très haut dès le début de la guerre ; je ne puis que le répéter :

Les alliés doivent à l'Europe entière et se doivent à eux-mêmes de poursuivre la guerre libératrice jusqu'à l'étouffement complet des aspirations pangermanistes qui ont troublé l'Europe pendant quarante ans.

Il leur faut, au prix des plus cruels sacrifices, détruire jusque dans ses racines la puissance militaire de l'Allemagne et de l'Autriche allemande.

Le désarmement des Allemagnes importe à la paix du monde, si chère à nos cœurs. Nous devons léguer à nos enfants une Europe délivrée de la menace teutonne.

Point de paix, point de trêve avant que l'ennemi du genre humain ne soit terrassé !

Je vous serre la main cordialement et en bon allié.

AUX LECTEURS DU « NOVOSTI »

« LES NOUVELLES »

JOURNAL RUSSE PUBLIÉ A PARIS

Liberté, liberté chérie,
Combats avec tes défenseurs !

26 avril 1915.

Amis, cette guerre que nous n'avons pas voulue, nous la ferons jusqu'au bout ; nous poursuivrons notre œuvre terrible et bienfaitrice jusqu'à son entier accomplissement, jusqu'à la destruction totale de la puissance militaire de l'Allemagne.

Nous aimons trop la paix pour la souffrir louche, fausse ou débile. Nous la voulons grande et forte, assurée d'une longue et haute destinée.

Je l'ai dit dès le début de la guerre, je ne me lasserai point de le répéter. La paix, cette paix si chère, si précieuse, il est criminel de l'appeler, criminel de la désirer avant d'avoir réduit à néant les forces d'oppression qui pèsent sur l'Europe depuis un demi-siècle, avant d'avoir préparé le règne auguste du droit.

Jusque-là nous ne devons parler que par la bouche de nos canons. Il ne faut pas que tant de héros aient péri en vain.

Notre heure, l'heure de la justice est proche. La liberté combat avec nous. Le triomphe est certain.

A M. ENGLISH WALLING

NEW-YORK

Cher Confrère,

Ainsi que votre jugement droit et votre intelligence pénétrante vous l'ont fait comprendre, ce serait une grande et dangereuse erreur que de croire que la paix est possible et qu'elle est souhaitable en ce moment.

L'idée qu'on sème en Amérique à cette heure, de hâter la fin de la guerre en prohibant l'exportation des armes et munitions, ne procède pas, je vous le jure, d'une inspiration française. J'ajoute qu'elle ne procède pas non plus d'une inspiration vraiment humaine. Car ni la France et ses alliés, ni le monde entier ne gagneraient rien à une paix qui laisserait subsister cette cause perpétuelle de guerre qu'est le militarisme allemand.

Non certes, l'humanité n'y gagnerait rien et elle y perdrait la sécurité, la liberté et jusqu'à l'espérance.

Ce sont là des considérations de nature à toucher fortement, je crois, la nation américaine si énergique, si maîtresse d'elle-même et si jalouse de son indépendance.

Tous les partis en France, socialistes, nationalistes, radicaux, sont unis dans une même pensée, dans un même sentiment, dans une même intention : libérer l'Europe en brisant le formidable instrument d'oppression que l'Allemagne a forgé et qui, depuis quarante ans, pèse d'un poids inique sur notre vieux monde.

Tel est notre devoir envers la France, envers nos alliés, envers nous-mêmes. Il s'impose à nos socialistes aussi impérieusement, pour le moins, qu'à tout autre des partis politiques et sociaux, maintenant unis et confondus.

Ce devoir que nous accomplirions jusqu'au bout à travers les plus terribles épreuves, au prix des plus cruels sacrifices, ce devoir sacré, comment songerions-nous à nous y soustraire, alors que pour nous en acquitter, il nous suffira d'un effort, rude sans doute, terrible peut-être, mais heureux et déci-

sif, alors que la récompense de notre confiance est
certaine, alors que nous voyons le signe de notre
triomphe se lever à l'horizon?

Il ne faut pas que le sang de nos frères, de nos
enfants, tombés pour la cause de la justice et de la
liberté, crie contre nous. Nous devons à leur
mémoire d'achever leur ouvrage. Nous devons aux
héros et aux justes morts devant l'ennemi une tombe
tranquille, où les lauriers ni les oliviers ne meurent
jamais.

Nous aimons trop la paix pour lui donner un ber-
ceau vil et honteux ; nous aimons trop la paix pour
ne pas la vouloir grande, pure, radieuse, assurée
d'une longue destinée.

Nous n'avons rien à craindre du temps : il tra-
vaille pour la France et ses alliés. Notre armée est
plus forte que jamais. La Russie est inépuisable en
hommes et en blé. L'Angleterre, dont on sait la
constance, développe sans cesse ses ressources et
son action. L'Allemagne, à qui la mer, dispensatrice
des richesses, est fermée, doit périr misérablement.
Et ce serait à la veille du gain assuré que nous tra-
hirions par une défaillance honteuse ou par une sensibilité maladive, la cause du droit que le destin a
remise en nos mains !

11

Non! non, Français, nous sommes unanimes à combattre jusqu'à la victoire finale.

Pour moi, si j'apprenais que des Français se laissaient séduire par le fantôme voilé d'une paix hideuse, je demanderais au Parlement de déclarer traître à la Patrie quiconque proposerait de traiter avec l'ennemi tant qu'il occupe encore une partie de notre territoire et celui de la Belgique.

INVOCATION

INVOCATION

UNION AMÉRICAINE

NÉE GLORIEUSEMENT DANS L'ORAGE

NOURRIE DÈS L'ENFANCE

PAR LA LIBERTÉ

DU LAIT DES FORTS,

TOI QUI CONSACRAS TA ROBUSTE JEUNESSE

A DES TRAVAUX SURHUMAINS

PEUPLE JUSTE ET MAGNANIME

SALUT

A. F.

DEBOUT

POUR LA DERNIÈRE GUERRE!

DEBOUT

POUR LA DERNIÈRE GUERRE !

Ils se réalisent les rêves prophétiques de H. G. Wells, ils prennent une monstrueuse forme vivante et passent en horreur Dité, Malebolge et tout ce que le poète vit dans l'empire des douleurs. Ce ne sont point des Martiens, mais des professeurs allemands qui accomplirent cette chose.

Les Allemands ont imprimé à cette guerre des formes successives qui toutes témoignent de leur horrible génie : la forme en trombe, en typhon, qui les a conduits jusqu'à la Marne, où ils ont essuyé une défaite irréparable, puis la forme souterraine, puis la forme métallurgique et chimique.

Un médecin philosophe de mes amis qui, près de moi, lit ce que j'écris, m'interrompt : « N'en doutez pas, me dit-il, si on les laisse faire, à cette dernière

12

forme, ils feront succéder la forme bactériologique, et, après la lutte des gaz délétères et des liquides enflammés, ils inaugureront la lutte des tubes de culture. Il faudra créer dans chaque pays allié un ministère des sérums. »

C'est donc là le fruit de leur savoir ! Et je songe à ce mot de notre bon Rabelais : « Science sans conscience est la perte de l'âme. »

Jusqu'à ce jour, jusqu'à eux, la guerre atroce, épouvantable, gardait, du moins encore parmi les nations formées sur les ruines de l'empire romain, un visage d'homme, quelque chose qui, dans sa fureur même, rappelait le grec ingénieux ou le rude latin, inventeurs de tous les arts de la paix et de la guerre. La guerre avait ses lois, sa mesure ; des classiques comme Napoléon y pouvaient exercer leur génie. Les Allemands ont ôté à l'art des armes tout ce qui lui restait encore d'humain. Ils avaient tué la paix ; ils tuent la guerre. Ils en font un monstre qui ne peut vivre : il est trop laid.

Debout pour la dernière guerre ! A l'œuvre ! Courage ! O Grande-Bretagne, reine des mers, toi qui aimes la justice, ô sainte Russie, géante au cœur infiniment tendre, ô belle Italie que mon cœur adore, ô Belgique héroïque et martyre, ô fière

Serbie, et toi France, ma chère patrie, et vous, nations qu'on entend au loin apprêter vos armes, étouffez l'hydre et demain vous sourirez en vous tenant par la main dans l'Europe délivrée.

TABLE

TABLE DES MATIÈRES

ACHEVÉ D'IMPRIMER

LE VINGT-CINQ JUILLET MIL NEUF CENT QUINZE
357ᵉ JOUR DE LA GUERRE
SUR LES PRESSES DE
PROTAT FRÈRES A MACON

CETTE EDITION
A ÉTÉ COMMENCÉE PAR
LE SOLDAT ÉDOUARD CHAMPION
ET TERMINÉE PAR
LE SOUS-LIEUTENANT JACQUES LION

LIBRAIRIE ANCIENNE ÉDOUARD CHAMPION

5, Quai Malaquais, Paris (VIᵉ)

Pour paraître en juin :

AU PROFIT DE L'ŒUVRE DU VÊTEMENT

DU PRISONNIER DE GUERRE

REMY DE GOURMONT

PENDANT L'ORAGE

1 beau volume in-4°.
Il sera tiré 5 exemplaires sur papier de Chine
5 sur papier du Japon et 25 sur Hollande, tous numérotés.

En préparation :

AU PROFIT DE L'ŒUVRE DES MUTILÉS DE LA GUERRE

MAURICE BARRÈS

DE L'ACADÉMIE FRANÇAISE

JEANNE D'ARC

AU PROFIT DE L'HOPITAL ITALIEN

GABRIELE D'ANNUNZIO

POUR

LA DOUCE FRANCE

AU PROFIT DES BLESSÉS DU XVᵉ CORPS

CHARLES MAURRAS

L'ÉTANG DE BERRE

LIBRAIRIE ANCIENNE ÉDOUARD CHAMPION

5, QUAI MALAQUAIS, PARIS (VIᵉ)

ÉDITIONS DÉFINITIVES DE GRANDS AUTEURS
(Aucun volume n'est vendu séparément)

DANTE VITA NOVA

Texte *Società dantesca*. Trad. H. Cochin, in-8°............................... **5 fr.**

OEUVRES DE FRANÇOIS RABELAIS

Édition critique publiée par Abel Lefranc, professeur au Collège de France,
Jacques Boulenger, Henri Clouzot, Paul Dorveaux, Jean Plattard et Lazare Sainéan.
Tome premier. — Avec une introduction, une carte et un portrait
Beau volume in-4° de CLV-214 pages .... **15 fr.**
Tome second. — Beau volume in-4° de 215-558 pages................ **10 fr.**
Les exemplaires sur Japon et Hollande sont épuisés. — Formera environ 7 volumes,
en souscription.

INSTITUTION DE LA RELIGION CHRÉTIENNE
DE CALVIN

TEXTE DE LA PREMIÈRE ÉDITION FRANÇAISE (1541)

Réimprimé sous la direction de Abel Lefranc, professeur au Collège de France.
2 volumes in-8° de 900 pages et fac-similés.................................... **25 fr.**

LES ESSAIS DE MONTAIGNE

Édition municipale par F. Strowski. Vol. in-4°. Tomes I et II parus à **25 fr.** chaque.
Prochainement : Tomes III, IV et dernier.

CORRESPONDANCE DE MONTESQUIEU

Édition Gebelin et Morize. 2 volumes in-4°. — Tome I : **12 fr.** — Tome II : **18 fr.**

OEUVRES DU PRINCE DE LIGNE
ÉDITION DU CENTENAIRE

5 volumes parus avec planches. — Chaque.............................. **3 fr. 50**

OEUVRES INÉDITES DE VOLTAIRE

Tome premier : *Mélanges historiques*, publiés par Fernand Caussy.
In-8° raisin .... **10 fr.**
En préparation : Tomes II-VII. Correspondance inédite.
(Il est tiré 15 exemplaires hollande à 20 fr.)

CORRESPONDANCE GÉNÉRALE
DE CHATEAUBRIAND

Publiée avec Introduction, Indication des Sources, Notes et Tables doubles,
par L. THOMAS.
Tomes I (avec un portrait inédit), II et III (avec un portrait inédit), tome IV (avec un
portrait inédit). — Chaque.. **10 fr.**
In-8° de chacun 400 pages.
L'édition formera environ 8 volumes in-8° auxquels on souscrit. Il est tiré en plus
100 exemplaires sur papier hollande Van Gelder à 20 fr. le volume.

OEUVRES COMPLÈTES DE STENDHAL

publiées sous la direction d'Édouard CHAMPION.
Avec en Appendice la Bibliothèque Stendhalienne
5 volumes in-8° parus avec planches (sur 35) et épuisés
Restent seulement quelques exemplaires sur hollande.................. **20 fr.**

OEUVRES COMPLÈTES DE GÉRARD DE NERVAL

publiées sous la direction d'Édouard CHAMPION.
En 15 volumes in-8° en souscription à 7 fr. 50 (modèle Stendhal).

ABEL LEFRANC

Professeur de langue et littérature française modernes au Collège de France

LES LETTRES ET LES IDÉES DEPUIS LA RENAISSANCE

TOME 1

MAURICE DE GUÉRIN

D'APRÈS DES DOCUMENTS INÉDITS

1910. — Beau volume in-8° écu, orné d'un portrait gravé sur bois par Jacques Beltrand et de cinq gravures et fac-similés............................... 5 fr.

TOME II

GRANDS ÉCRIVAINS FRANÇAIS
DE LA RENAISSANCE

Le roman d'amour de Clément Marot
Le platonisme et la littérature en France
Marguerite de Navarre
Le tiers livre du « Pantagruel » et la querelle des femmes
Jean Calvin — La Pléiade au Collège de France

BEAU VOLUME IN-8° ÉCU TIRÉ PAR F. PAILLART A

15 exemplaires sur Chine... 30 fr. »
30 exemplaires sur Japon.. 25 fr. »
1.100 exemplaires sur papier vélin fin des papeteries Lafuma, de Voiron .... 7 fr. 50

TOUS NUMÉROTÉS

TOME III

ANDRÉ CHÉNIER

OEUVRES INÉDITES

PUBLIÉES D'APRÈS LES MANUSCRITS ORIGINAUX

BEAU VOLUME IN-8° ÉCU TIRÉ PAR PHILIPPE RENOUARD A

10 exemplaires sur un papier nouveau dit papier de Montval près Marly.
15 exemplaires sur Chine... 30 fr. »
30 exemplaires sur Japon.. 25 fr. »
1.100 exemplaires sur papier vélin fin des Papeteries Lafuma, de Voiron..... 7 fr. 50

TOUS NUMÉROTÉS

OEuvres inédites d'André Chénier : un tel titre se passe de tout commentaire, surtout quand l'éditeur est l'homme de goût et le lettré qu'est M. Abel Lefranc, professeur de langue et littérature françaises modernes au Collège de France. On trouvera dans ce volume, le fameux ouvrage inédit sur *La Perfection des Arts; l'Apologie; des projets et des plans de poésie, Quadri,* etc. Des *notes sur la littérature chinoise* et des *extraits de la littérature persane* révèlent un côté inattendu de notre grand poète, dont ce volume contient aussi des esquisses littéraires, des pensées ingénieuses, des notes curieuses.

ENRIQUE LARRETA

PAROLES DE LA VEILLE

In-8... 1 fr. 50

E. GÉRARD-GAILLY

UN ACADÉMICIEN GRAND SEIGNEUR ET LIBERTIN AU XVIIᵉ SIÈCLE

BUSSY-RABUTIN
SA VIE, SES OEUVRES ET SES AMIES

1909. In-8 de XIII-427 pages................................... 6 fr.

« Encore un livre qui était nécessaire, qu'il fallait écrire pour faire connaître exactement un homme d'une certaine importance, appartenant au moins à la petite histoire et qui nous était parvenu tout enveloppé de légendes épaisses. M. G. G. s'est chargé de ce soin et s'est acquitté de cette tâche d'une manière solide et d'une manière charmante. Il nous a mis dans l'intimité de Bussy-Rabutin, de telle sorte que toutes légendes ont disparu et que la vérité, maintenant, sur ce personnage et sur ses aventures est absolument établie. Et avec cela on ne peut pas avoir plus d'esprit que M. G. G., plus de bonne grâce alerte, plus d'humour, plus de verve dans les discussions et plaidoyers, ni meilleur style. Son livre est agréable autant qu'il est essentiel. »

Émile FAGUET. *Revue des Deux-Mondes,* 1ᵉʳ janvier 1910.

Couronné par l'Académie française.

CHARLES MAURRAS

ANTHINEA
D'ATHÈNES A FLORENCE

Le voyage d'Athènes. — La naissance de la Raison. Notes du Musée Britannique. — Figures de Corse. — Le Musée des Passions Humaines de Florence. — Le retour et le foyer. Notes de Provence.
Nouvelle édition revue. Beau volume in-8°............ .... **3 fr. 50**

TROIS IDÉES POLITIQUES
CHATEAUBRIAND, MICHELET, SAINTE-BEUVE

1912. 5ᵉ édition, in-8°.. **2 fr.**

LES CLASSIQUES FRANÇAIS
DU MOYEN AGE
publiés sous la direction de Mario ROQUES.

1*. — La Chastelaine de Vergi, poème du xiiiᵉ siècle, éd. par Gaston Raynaud, 2ᵉ éd. revue par Lucien Foulet ; vii-35 pages................................... **0 fr. 80**
2*. — François Villon, Œuvres, éd. par Auguste Longnon, 2ᵉ éd. revue par Lucien Foulet ; xviii-132 pages... **2 fr. »**
3. — Courtois d'Arras, jeu du xiiiᵉ siècle, éd. par Edmond Faral ; vi-34 pages.. **0 fr. 80**
4. — La Vie de Saint Alexis, poème du xiᵉ siècle, texte critique de Gaston Paris ; vi-50 pages.. **1 fr. 50**
5. — Le Garçon et l'Aveugle, jeu du xiiiᵉ siècle, éd. par Mario Rocques ; vi-18 pages... **0 fr. 50**
6. — Adam le Bossu, trouvère artésien du xiiiᵉ siècle, Le Jeu de La Feuillée, éd. par Ernest Langlois ; xiv-76 pages.. **2 fr. »**
7. — Les Chansons de Colin Muset, éd. par Joseph Bédier, avec la transcription des mélodies de Jean Beck ; xiii-44 pages...................................... **1 fr. 50**
8. — Huon le Roi. Le Vair Palefroi avec deux versions de la Male Honte, par Huon de Cambrai et par Guillaume, fabliaux du xiiiᵉ siècle, éd. par Artur Langfors ; xv-68 pages.................. .... **1 fr. 75**
9. — Les Chansons de Guillaume IX, duc d'Aquitaine (1071-1127), éd. par Alfred Jeanroy ; xix-46 pages... **1 fr. 50**
10. — Philippe de Novare, Mémoires (1218-1243), éd. par Charles Kohler ; xxvi-173 pages avec 2 cartes.. **3 fr. 50**
11. — Les Poésies de Peire Vidal, éd. par Joseph Anglade ; xii-188 pages...... **3 fr. 50**
12. — Béroul, Le Roman de Tristan, poème du xiiᵉ siècle, éd. par Ernest Muret ; xiv-163 pages... **3 fr. »**
13. — Huon le Roi de Cambrai, Œuvres, t. I : Li Abecés par ekivoche, Li Ave Maria en roumans, La Descrissions des Religions, éd. par Artur Langfors ; xvi-48 pages.. **1 fr. 70**
14. — Gormont et Isembart, fragment de chanson de geste du xiiᵉ siècle, éd. par Alphonse Bayot ; xiv-71 pages... **1 fr. 55**
15. — Les Chansons de Jaufré Rudel éditées par Alfred Jeanroy ; xiii-37 pages **1 fr. »**

EMMANUEL PHILIPOT, professeur à l'Université de Rennes
LA VIE LITTÉRAIRE DE NOEL DU FAIL
GENTILHOMME BRETON

1915. Beau volume in-8°... **10 fr.**

LE ROMAN DE RENARD
Par Lucien FOULET, élève diplômé de l'École pratique des Hautes Études.
Fort volume in-8° de viii-574 pages................................... **13 fr.**

BIBLIOTHÈQUE DE L'INSTITUT FRANÇAIS
DE SAINT-PÉTERSBOURG

Tome I. — Le théâtre de mœurs russes des origines à Ostrouski (1672-1850), par J. Patouillet, docteur ès lettres, 1912, in-8°, 154 pp....................... **3 fr. 50**
Tome II. — L'architecture classique à Saint-Pétersbourg à la fin du XVIIIᵉ siècle, par Louis Hautecœur, docteur ès lettres, 1912, in-8°, 119 pp. et 14 planches hors texte... **4 fr. 50**
Tome III. — Un maître du roman russe : Ivan Gontcharov (1812-1891), par André Mazon, docteur ès lettres, 1914, in-8, xi-473 pp., avec portrait et fac-similé......... **10 fr. »**
Tome IV. — Emploi des aspects du verbe russe, par André Mazon, docteur ès lettres, 1914, in-8°, xv-275 pp... **8 fr. »**

Augustin COCHIN, Archiviste paléographe.

LA CRISE DE L'HISTOIRE RÉVOLUTIONNAIRE
TAINE ET M. AULARD
DEUXIÈME ÉDITION, REVUE

1910. Volume in-8°.. **2 fr. 50**

Arthur CHUQUET, membre de l'Institut.

ORDRES ET APOSTILLES DE NAPOLÉON
(1799-1815)

Tome I. Fort volume in-8° de 400 pages, avec notes et index. **7 fr. 50.**
Tome II. in-8°, 668 p., **10 fr.** Tome III, in-8°, 656 p., **10 fr.** Tome IV, 659 p., **10 fr.**
Ouvrage complet et terminé : **37 fr. 50**

Un mot, une phrase suffit au Consul, à l'Empereur pour exprimer sa volonté, pour trancher une question, lever une difficulté, prononcer un jugement, apprécier un homme, et certaines de ces apostilles sont des coups de griffe.

Nous voyons ici Napoléon dans son activité prodigieuse, s'occupant aussi bien des fourrages ou des harnais que des plus hautes questions de l'État.

Les officiers, sous-officiers et soldats défilent tous dans cet ouvrage indispensable à tout historien de l'Empire par les documents inédits qu'il renferme en si grand nombre.

Marcel MARION, professeur au Collège de France.

LA VENTE DES BIENS NATIONAUX
PENDANT ¡LA RÉVOLUTION

Avec étude spéciale des ventes dans les départements de la Gironde et du Cher.
Fort vol. in-8° de 448 pages.................................... **10 fr.**
Couronné par l'Académie des Sciences morales et politiques.

Cet ouvrage est excellent : solidement documenté, fermement conduit, très clair, très vivant, plein d'ingénieuses vues de détail et de vues générales précises..... Aucun érudit ne travaillera désormais cette épineuse question des biens nationaux sans l'avoir lu au préalable, pour son instruction personnelle comme un exemple. C'est le plus grand éloge, il me semble, qu'on puisse faire d'une œuvre scientifique de cette nature.
Camille BLOCH, *La Révolution française.*

Alfred MARQUISET

NAPOLÉON STÉNOGRAPHIÉ
AU CONSEIL D'ÉTAT
(1804-1805)

Un beau vol. petit in-8°.................................,............... **3 fr. 50**

Napoléon sténographié! C'est l'enregistrement exact des séances du Conseil d'État présidées en 1804 et 1805 par l'Empereur. La plupart de ses paroles qui nous sont parvenues, ont été corrigées, déformées ou passées au polissoir ; ici nous avons le mérite de la précision et de la vérité. Le maître intervient dans toutes les discussions, sur tous les sujets il apporte ses idées et ses conclusions. Le sténographe, un ancien auditeur, le fait apparaître dans leur réalité saisissante : la forme en est nette, fulgurante, parfois brutale. Familier et spontané au milieu de son Conseil, l'Empereur monologue avec des éclats de voix, des apostrophes, donnant libre cours à ses colères, répandant par tourbillons de la flamme et de la fumée. En parcourant ces notes prises sur le vif, en écoutant ce débit haché, ces objections, ces grondements et ces bourrasques, on entend vraiment parler Napoléon.

UNE FAMILLE VIVAROISE
HISTOIRES D'AUTREFOIS RACONTÉES A SES ENFANTS
Par le Marquis de VOGUÉ
de l'Académie Française et de l'Académie des Inscriptions et Belles-Lettres.

2 volumes in-8° écu et planches .... **7 fr.**

LES SOURCES DE L'HISTOIRE RELIGIEUSE
DE LA RÉVOLUTION
AUX ARCHIVES NATIONALES
Par Léon LE GRAND, conservateur adjoint aux archives nationales.
In-8° carré de 210 pages.................................... **3 fr. 50**

LES ORIGINES DE L'INFLUENCE FRANÇAISE
EN ALLEMAGNE

Etude sur l'histoire comparée de la civilisation en France et en Allemagne
pendant la période précourtoise (950-1150),

Par LOUIS REYNAUD,

Docteur ès lettres, maître de conférences à l'Université de Poitiers.

TOME PREMIER

L'OFFENSIVE POLITIQUE ET SOCIALE DE LA FRANCE

1 volume in-8° raisin de XXXIX-547 pages................................ 12 fr.

PREMIÈRE PARTIE. Les idées et les armes françaises à l'assaut de l'Empire allemand. — Chapitre Ier. — Naissance d'un état politique et d'un idéal religieux nouveaux en France. *L'anarchie-mère. La réaction politique contre l'anarchie : la féodalité. La réaction morale contre l'anarchie : Cluny. Association de la féodalité française et de Cluny.* — Chapitre II. — La persistance du régime carolingien en Allemagne et sa destruction par Cluny et la féodalité française. *Gravité moindre de l'anarchie en Allemagne. Retour de l'Allemagne à la politique carolingienne. Stagnation de la féodalité et de l'Eglise en Allemagne. La pénétration de Cluny dans l'Empire. L'insurrection des idées clunisiennes contre l'Empire. La victoire de Cluny et de la féodalité française sur l'Empire.* SECONDE PARTIE. La rénovation sociale de l'Allemagne par l'influence française. — Chapitre Ier. — Formation d'un nouveau type social en France. *L'orientation des institutions féodales. Elaboration d'un idéal moral par la féodalité française. La christianisation de l'idéal féodal.* — Chapitre II. — L'immobilité de la société allemande et les premières conquêtes de l'idéal français. *La routine militaire en Allemagne. Absence d'évolution morale en Allemagne. La France éducatrice et libératrice de la « noblesse » allemande.*

HISTOIRE DES PREMIERS ESSAIS
DE
RELATIONS ÉCONOMIQUES DIRECTES
ENTRE LA FRANCE ET L'ÉTAT PRUSSIEN
PENDANT LE RÈGNE DE LOUIS XIV (1643-1715)
Par P. BOISSONNADE,

Professeur à la faculté des lettres de l'Université de Poitiers, correspondant de l'Institut.
1 volume in-8° raisin de VI-484 pages.................................. 12 fr.

M. WILMOTTE, professeur à l'Université de Liège (Bordeaux).

LA CULTURE FRANÇAISE EN BELGIQUE

Le passé littéraire. — Les conflits linguistiques. — La sensibilité wallonne,
l'imagination flamande.
Un vol. in-8° écu de XII-370 pages. Prix............................... 3 fr. 50

ABEL MANSUY
LE MONDE SLAVE
ET
LES CLASSIQUES FRANÇAIS
(XVIe et XVIIe siècles)

1912, in-8°... 10 fr.

L'INFLUENCE DE LA LANGUE FRANÇAISE
EN HOLLANDE
D'APRÈS LES MOTS EMPRUNTÉS
LEÇONS FAITES A L'UNIVERSITÉ DE PARIS EN JANVIER 1913
Par J.-J. SALVERDA DE GRAVE,
Professeur à l'Université de Groningue.

1 vol. in-16, 175 pages... 3 fr.

LA LÉGENDE DE LA MORT

CHEZ LES BRETONS ARMORICAINS

Par ANATOLE LE BRAZ

Avec des notes sur les croyances analogues chez les autres peuples celtiques.

Par Georges DOTTIN, professeur à l'Université de Rennes.

2 forts volumes petit in-8°, ensemble.................................... **10 fr.**

CH. LE GOFFIC

LA BRETAGNE ET LES PAYS CELTIQUES

L'AME BRETONNE

NOUVELLE ÉDITION

1re, 2e séries illustrées, chaque.. **3 fr. 50.**
3e série......................... .. .. **3 fr. 50.**

Dans ces nouvelles éditions complètement refondues et enrichies d'un nouveau tome inédit, c'est tout le passé de la vieille péninsule armoricaine, mœurs, traditions, croyances, littérature, etc., qui nous est présenté en une synthèse puissante. L'art breton, si original, y a sa place près de l'art dramatique, d'un archaïsme si savoureux. Le prêtre, le barde, le soldat sont étudiés dans des monographies spéciales. De fins et délicats portraits (Ernest Renan, Henriette Renan, Jules Simon, H. de La Villemarqué, F.-M. Luzel, N. Quellien, Émile Souvestre, l'amiral Réveillière, Jean-Louis Hamon, Gustave Geffroy, Yann Nibor, Jaffrennou-Taldir, etc.), achèvent de nous renseigner sur les caractères essentiels de l'*Ame bretonne*.

Le livre de Charles Le Goffic, qui s'est vu décerner par l'Académie française l'une de ses plus hautes récompenses, le prix Née, réservé à « l'auteur de l'œuvre la plus originale comme forme et comme pensée », ce livre ne fait pas seulement aimer la Bretagne : il l'explique.

CHARLES GÉNIAUX

LA BRETAGNE VIVANTE

1912. In-12...........................,.............................,............ **3 fr. 50**

I. La Bretagne. — II. Le Communisme rural au Pays Gallot. — III. La Vie bretonne. — IV. Les Rebouteurs. — V. Magiciens et Sorciers. — VI. Le Culte de la Mort. — VII. Les Artisans bretons. — VIII. Le Mobilier breton. — IX. Les Pêcheurs sardiniers. — X. Le Retour des Islandais. — XI. Les Sauveteurs bretons. — XII. L'Enfant breton. — XIII. Proclamation de la Révolution dans un village morbihannais. — XIV. Chez les Bigoudens. — XV. Le Pardon de Saint-Jean-du-Doigt. — XVI. Ploërmel et Josselin. — XVII. Le Golfe du Morbihan. — XVIII. Au pays des Chupens blancs.

LE CARDINAL MATHIEU, de l'Académie française.

L'ANCIEN RÉGIME EN LORRAINE ET BARROIS

1698-1789

1907, in-8°... **7 fr. 50**

Cinquième édition, augmentée d'un épisode de la Révolution en Lorraine. « Un des meilleurs livres sur l'histoire des provinces sous l'ancien régime est certainement celui que publia en 1878 l'abbé Mathieu..... Il était épuisé depuis longtemps. » Le voici réimprimé « et complété..... par une excellente bibliographie due à M. Pierre Boyé..... Il faut remercier le cardinal M. de nous avoir donné une nouvelle édition de son livre, capitale dans notre histoire provinciale du XVIIIe siècle. » Ph. SAGNAC. *Revue d'histoire moderne*, t. IX, n° 3, p. 36-7.

OEUVRES ORATOIRES

LETTRES PASTORALES ET DISCOURS ACADÉMIQUES

Tome Ier. Avec un avant-propos, un portrait et le discours prononcé aux obsèques par Maurice Barrès, de l'Académie française.

1910, beau volume in-8° et portrait.................................... **6 fr.**

OEUVRES DIVERSES

MÉLANGES HISTORIQUES ET LITTÉRAIRES, SERMONS

DISCOURS DE CIRCONSTANCES

1912, in-8°... **6 fr.**

PRIX DE L'INSTITUT
PRIX JEAN REYNAUD (10.000 fr.) 1914
DÉCERNÉ AU TRAVAIL LE PLUS MÉRITANT DEPUIS CINQ ANS

ACADÉMIE FRANÇAISE
J. BÉDIER, professeur au Collège de France.

LES LÉGENDES ÉPIQUES

4 volumes : Tome Ier, petit in-8°, **5 fr.** Tome II, petit in-8°, **5 fr.**
Tomes III et IV, in-8°, chaque, **8 fr.**

DÉJA COURONNÉ DU GRAND PRIX GOBERT

PRIX JEAN REYNAUD (10.000 fr.) 1913
DÉCERNÉ AU TRAVAIL LE PLUS MÉRITANT DEPUIS CINQ ANS

ACADÉMIE DES INSCRIPTIONS ET BELLES-LETTRES
ATLAS LINGUISTIQUE DE LA FRANCE
Par J. GILLIÉRON et E. EDMONT

35 fascicules de 50 cartes chacun; chaque carte est consacrée à un mot ou à un type
morphologique .... **875 fr.**

Couronné par l'Académie des Inscriptions et Belles-Lettres (*prix Chavée*)

Supplément : Atlas linguistique de la Corse. 3 fasc. parus (sur 10) Chaque.. **25 fr.**

Citons quelques-uns des précieux éloges qui vinrent encourager cette publication,
"... Nous avons sous les yeux la première livraison de l'*Atlas linguistique de la France.*
par MM. J. Gilliéron et E. Edmont, contenant les 50 premières cartes qui composent
cet immense ouvrage. Elles justifient tout ce qu'on pouvait attendre comme méthode et
comme résultat. " Gaston Paris (*Romania*).

" L'*Atlas* économise le temps du savant en lui apportant à pied d'œuvre les matériaux
dont il a besoin pour ses spéculations. N'est-ce rien, que de pouvoir instantanément,
grâce à une carte qu'on embrasse d'un coup d'œil, trouver et grouper sous la même idée
un millier de formes dont la recherche dans les lexiques spéciaux de chaque région
demanderait un loisir énorme ? Mais ce n'est là que son moindre avantage. Le butin
scientifique n'y est pas seulement facile à recueillir, il y est infiniment plus riche que
partout ailleurs, car beaucoup de faits intéressants y sont, si je ne me trompe, relevés
pour la première fois. " A. Thomas (*Journal des Savants*).

PRIX GOBERT (9.000 fr.)
LE MORCEAU LE PLUS ÉLOQUENT DE L'HISTOIRE DE FRANCE

Pierre CHAMPION, archiviste paléographe.

FRANÇOIS VILLON, SA VIE ET SON TEMPS

Deux volumes in-8° de la *Bibliothèque du XV° siècle*, avec 49 planches hors
texte .... **20 fr.**

P. CHAMPION
LA VIE DE CHARLES D'ORLÉANS

1911. Avec 16 photolypies hors texte..................................... **15 fr.**

DEUXIÈME PRIX GOBERT

MACON, PROTAT FRÈRES, IMPRIMEURS.